AF456274

VENTE

HOTEL DROUOT — SALLE N° 11

Le Lundi 16 Mars 1914

A DEUX HEURES

EXPOSITION PUBLIQUE

Le Dimanche 15 Mars 1914

De 2 heures à 6 heures

4 TAPISSERIES FLAMANDES

Du XVIIIe Siècle

BONS MEUBLES

Dessin aquarellé de J. Huet

BRONZE, de BARYE

Marbres — Biscuits — Bronzes — Terres cuites

TABLEAUX — GRAVURES

DENTELLE ANCIENNE, point d'Argentan

TAPIS — RIDEAUX

Me Fernand COUTANCEAU

COMMISSAIRE-PRISEUR

9, rue Arsène-Houssaye, 9

IMPRIMERIE MAULDE ET RENOU

MAULDE, DOUMENC & Cie

IMPRIMEURS DE LA COMPAGNIE DES COMMISSAIRES-PRISEURS

Rue de Rivoli, 144 — Paris

CATALOGUE

DE

4 TAPISSERIES FLAMANDES

Du XVIIIe Siècle

BONS MEUBLES

De Salons, de Salles à Manger,
de Chambres à Coucher, de Cabinet de Toilette et de Bureau

PIANO *crapaud, en palissandre, de* PLEYEL

PIANO *à queue, d'*ÉRARD, *en noyer*

Dessin aquarellé de J. HUET

Grand Groupe en marbre blanc. — Bronze, de BARYE

Tableaux, Gravures, Terres cuites, Biscuits

Marbres, Bronzes

DENTELLE *ancienne en point d'Argentan*

Nombreux Appareils d'éclairage électrique

Tapis, Rideaux

VENTE

HOTEL DROUOT — Salle n° 11

Le Lundi 16 Mars 1914, à 2 heures

Me Fernand COUTANCEAU, Commissaire-Priseur

A PARIS, rue Arsène-Houssaye, 9

CHEZ LEQUEL SE DISTRIBUE LE PRÉSENT CATALOGUE

EXPOSITION PUBLIQUE

Le Dimanche 15 Mars 1914 (SALLE N° 11), de 2 h. à 6 h.

PARIS — 1914

CONDITIONS DE LA VENTE

La Vente sera faite **au comptant**.

Les Adjudicataires paieront **dix pour cent** en sus des enchères.

L'Exposition préalable mettant le public à même de se rendre compte de l'état et de la nature des Objets, aucune réclamation ne sera admise une fois **l'adjudication prononcée.**

MAULDE, DOUMENC et Cie, imp. de la Cie des Commissaires-Priseurs, rue de Rivoli, 144. 100—88496

Désignation

TAPISSERIES DES FLANDRES

Du XVIIIe Siècle.

1 — Tapisserie verdure, oiseaux et animaux dans un parc avec rivière. Avec bordure.

5 mèt. 20 de larg. sur 3 mèt. 10 de haut.

2 — Tapisserie verdure, oiseaux et animaux dans un parc avec rivière. Avec bordure.

4 mèt. 60 de larg. sur 3 mèt. de haut.

3 — Portière verdure, oiseaux et forêt. Avec bordure.

Haut , 2 mèt. 50 ; Larg., 1 mèt. 75.

4 — Portière representant deux personnages. Avec bordure.

2 mèt. 50 sur 1 mèt. 75.

2

MEUBLES

Salons :

5 — Ameublement de salon, style Louis XVI, bois sculpté et doré, recouvert en tapisserie d'Aubusson, à dessins de bouquets de fleurs sur fond crême, à entourage de couleur bleu pâle, comprenant :

1 canapé et 4 fauteuils.

6 — Petit Canapé, style Louis XVI, bois sculpté et doré, à dos et siège cannés.

7 — **Piano** crapaud, palissandre verni, de PLEYEL, n° 135.524.

8 — Banquette pour piano, bois sculpté et doré, avec cannage.

9 — Casier à musique, bois laqué blanc et doré, avec cannage sur les côtés et plateau de glace sur le dessus.

10 — Musique diverse.

11 — **Piano** à queue, noyer ciré, marque ÉRARD, à lyre.

12 — Tabouret de Piano, bois sculpté et doré. garni soie crème.

13 — Deux Chaises, style Louis XVI, bois laqué blanc, dos et siège cannés.

14 — Console de forme cintrée, bois sculpté et doré, dessus de marbre jaune rouge.

15 — Petite Table-Guéridon, style Louis XVI, de forme ronde, bois laqué blanc et dorures, à dessus de marbre jaunâtre et cannage en dessous.

16 — Guéridon, style Louis XVI, rond, acajou verni et cuivre, dessus marbre blanc cerclé de galerie ajourée en cuivre.

17 — Table-Étagère de forme ovale, bois sculpté et doré, dessus de marbre rougeâtre et cannage en dessous.

18 — Table à jeu de forme circulaire, acajou verni et cuivre.

19 — Paravent à trois feuilles ornées de glaces biseautées, bois sculpté et dorures, recouvert en soie jaunâtre.

20 — Sellette, bois verni à cannelures.

21 — Deux Fauteuils de style Empire, bois laqué blanc orné de motifs en bronze, dos et sièges recouverts satin vert et jaune.

22 — Petite Table-Guéridon, ronde, bois laqué avec motifs bronze, dessus marbre gris vert.

23 — Sellette, mêmes style et marbre.

24 — Table de forme rectangulaire, mêmes style et marbre.

25 — Deux Tabourets X, bois laqué et dorure, tenture semblable aux fauteuils.

26 — Table-Jardinière, bois sculpté et laqué, ovale allongé, style Louis XVI, marbre vert sur le dessus et cannage à la partie inférieure.

27 — Petit Paravent, bois sculpté, style Louis XV, à trois panneaux de soie rose.

28 — Petit Canapé vis-à-vis, style Louis XV, bois sculpté et doré, garni soie claire.

29 — Deux Fauteuils, style Louis XV, bois sculpté et doré, garnis soie grenat et velours frappé.

30 — Deux Chaises, mêmes style et garniture que les deux fauteuils.

31 — Table, noyer ciré, à décors de colonnes et colonnettes, à dessus de peluche grenat.

32 — Deux Supports de Cachepot, bois noir avec dragons en bronze.

33 — Canapé garni étoffe grenat damassée, à bordures de peluche.

34 — Canapé, soie damassée à bordures de peluche.

35 — Support de Cache-Pot, bambou.

36 — Socle garni en peluche grenat.

37 — Canapé, deux Fauteuils et deux Chaises, bois laqué blanc, garnis en velours vert.

38 — Pouff, bordure en panne verte.

39 — Petit Paravent à cinq feuilles, bois peint en bleu avec dorures, orné de glaces.

Salles à manger :

40 — Bel Ameublement de salle à manger en acajou ciré, orné de bronzes, style Louis XVI, composé de :

Un Buffet à hauteur d'appui, à deux portes et deux tiroirs sur la façade et deux tiroirs et glaces sur les côtés cintrés, à dessus de marbre gris veiné de blanc et de violet, surmonté d'une glace biseautée formant fronton ;

Une petite Desserte, de forme cintrée, à trois tiroirs, dessus de marbre de mêmes couleurs que le buffet ;

Une Table carrée à grands coins arrondis (trois allonges).

Et deux Fauteuils et six Chaises, dos et sièges cannés avec coussins mobiles.

40 *bis* — Belle Salle à manger, de Kriéger, noyer sculpté et ciré, style Renaissance, composée de :

Un Buffet à deux corps ;

Un Dressoir à dessus de marbre rouge ;

Une Table carrée à coins arrondis (trois allonges) ;

Et dix Chaises à dos et siège cuir.

Grande Glace biseautée, cadre et fronton en noyer sculpté et ciré.

41 — Petite Table-Étagère, forme rognon, acajou ciré et bronze, à dessus de marbre bleu pâle.

Chambres à Coucher :

41 *bis* — Belle Chambre à coucher, de Kriéger, noyer sculpté et ciré, ornée de bronzes dorés, style Louis XV, comprenant :

Lit de milieu, armoire à glace biseautée et table de nuit.

41 *ter* — Autre Chambre à coucher, noyer sculpté et ciré, style Louis XVI, comprenant :

Lit de milieu, armoire à glace biseautée et table de nuit.

42 — Grand Lit de milieu, bois sculpté et laqué, avec matelas, traversin, deux oreillers, couverture en laine, dessus de lit en soie bleutée et petit ciel-de-lit, forme couronne, garni de même soie bleutée et de tulle,

43 — Bergère bois sculpté et laqué, recouverte en soie jaune et verte.

44 — Autre Bergère à oreilles, bois sculpté et doré, recouverte de la même soie.

45 — Petit Canapé, bois sculpté et laqué, orné de dorures, entièrement canné, avec coussin mobile en peluche bleutée.

46 — Deux petites Chaises, bois sculpté et laqué, style Louis XVI, cannées, avec coussins mobiles.

47 — Chaise, bois sculpté et laqué, recouverte en soie crême et bleu ciel.

48 — Commode marqueterie de bois et bronzes, à dessus de marbre gris.

49 — Petite Table à ouvrage acajou, de forme carrée.

50 — Petite Table-Étagère octogonale, acajou.

51 — Fauteuil d'enfant, bois sculpté et doré, garni velours vert.

Cabinet de Toilette :

52 — Toilette coiffeuse, forme rognon, bois sculpté et laqué, orné de dorures, à plateau de glace.

53 — Glace psyché, de même style.

54 — Petite Armoire, vitrine à deux portes, avec côtés cintrés, de même style.

55 — Canapé-Divan avec coussin forme traversin et deux oreillers, le tout recouvert en étoffe brodée.

56 — Bergère bois sculpté et laqué, orné de dorures, style Louis XV, même étoffe.

57 — Deux Chaises bois laqué, cannées, avec coussins mobiles.

58 — Petite Étagère, bois laqué, à trois rayons cannés.

59 — Petite Vitrine-Applique, bois laqué.

60 — Corps de Placards en bois sculpté, à trois portes ornées de glaces et trois placards au-dessus.

61 — Divan avec traversin et trois coussins, recouverts en toile imprimée.

62 — Table forme rognon.

63 — Chaise cannée, bois laqué.

64 — Console bois sculpté et doré, de forme cintrée, dessus de marbre verdâtre.

65 — Petite Table étagère à marqueteries de bois.

66 — Chaise basse, paillée en couleur.

67 — Siège pour toilette, se dépliant, bois laqué.

Bibliothèque et Bureau :

68 — Bibliothèque en chêne sculpté, à trois portes vitrées, style gothique.

69 — Petit Bureau de Dame, marqueteries de bois avec bronzes, à deux tiroirs, dessus marbre.

70 — Petit Secrétaire, marqueteries de bois, style Louis XVI, orné de bronzes et d'une plaque en Wedgwood.

71 — Fauteuil style Henri II, noyer sculpté, à dessus de cuir.

72 — Fauteuil noyer sculpté, à motifs de têtes de bélier.

73 — Petit Bureau, bois peint en blanc avec dorures, surmonté d'une galerie.

74 — **Coffre ancien** en bois sculpté.

75 — Bahut bois sculpté, à 4 portes.

MARBRES, BRONZES, TERRES CUITES BISCUITS, PORCELAINES FAIENCES ET BOIS SCULPTÉS

76 — **Grand Groupe** en marbre blanc, Femme et Enfant.

77 — Deux Urnes, marbre gris, garnies de bronzes dorés.

78 — **Beau Bronze**, de Barye, Cheval se cabrant.

79 — Groupe, sujet allégorique, Homme et Femme, en bronze, sur socle en marbre vert.

80 — Groupe en terre cuite de couleur brune, Faune, Nymphe et Enfant, d'après Clodion, sur piédouche en marbre rougeâtre.

81 — Buste en biscuit, Madame du Barry, sur socle porcelaine bleu et or.

82 — Pendulette en biscuit, style Louis XVI, Femme, Amour et Colombes ; sur le cadran, Blanchard, Paris ; socle orné de bronze.

83 — Pendulette ornée de Vendangeurs avec paniers de raisins, genre Saxe.

84 — Paire de petits Vases, de forme carrée, genre Saxe.

85 — Groupe biscuit, allégorie, Homme et Femme

86 — Deux petits Sujets en biscuit.

87 — Grand Vase, porcelaine blanche, à décors de bouquets de fleurs et dorures, piédouche en bronze.

88 — Paire de Vases en craquelé vert, avec couvercle, ornés de bronzes à têtes de dauphins.

89 — Vasque faïence verte.

90 — Jardinière métal argenté.

91 — Porte-Bouquets en étain, avec récipient en verre.

92 — Deux Figurines, Homme et Femme du XVIIIe siècle, genre Saxe.

93 — Groupe en bois sculpté, Vierge et Enfant-Jésus.

94 — Vase cornet verre et or. Vase en porcelaine blanc et or, piédouche bronze. Petite Jardinière et son plateau, porcelaine blanche. Théière chinoise, vase en vert côtelé.

95 — Cendrier en porcelaine, pelote à épingles (Faisan), deux porte-bouquets faïence bleu et blanc.

96 — Petit Buste, tête d'Enfant coiffé d'un chapeau, genre Saxe. Vase faïence bleu et blanc. Cendrier. Porte-Cigares.

97 — Petite Chaumière Japonaise.

98 — Pare-Étincelles en bronze.

99 — Porte-Pelle et Pincettes garni. Deux Chenets, bronze et fer.

100 — Pare-Étincelles, Pelle et Pincettes, bronze et fer.

DESSIN, TABLEAUX, GRAVURES
CADRE, GLACES

101 — **Dessin aquarellé,** personnages.
Signé HUET.

102 — Grand Tableau, fleurs. Cadre peint en rouge.

103 — Tableau, portrait de Femme du XVIIe siècle. Cadre doré.

104 — Tableau, portrait de Femme. Cadre doré.

105 — Tableau, paysage.

106 — Tableau, portrait d'Homme.

107 — Tableau, portrait de Femme.

108 — Tableau, panier de fleurs. Cadre doré.
Tableau, chien. Cadre en bois sculpté.

109 — Trois petits Dessus de portes, médaillons, grisailles. Cadres dorés.

110 — Tableau, portrait d'Homme.

111 — Tableau, portrait de Femme.

112 — Tableau, portrait d'Homme.

113 — Grand Cadre doré.

114 — Deux Gravures : Intérieur de palais et personnages du XVIIIe siècle.

115 — Deux Gravures, scènes champêtres.

116 — Une Gravure, sujet mythologique.

117 — Une Gravure : *La Nuit.*

118 — Quatre Gravures en couleurs : *La Main; Le Repos; La Bonne Ménagère; Le Compliment.*

119 — Une Gravure : Paysage romain.

120 — Trois Gravures : *Le Soir; La Sentinelle en défaut; L'Épouse indiscrète.*

121 — Une Gravure en couleur : *La Rose.*

122 — Une Gravure : *La Crainte.*

123 — Une Gravure : *La Leçon de Clavecin.*

124 — Une Gravure en couleur : *Marton et Perrette.*

125 — Une Gravure : *Elvira.*

126 — Deux Reproductions en noir : *Volupté; Épanouissement.*

127 — Deux Cadres pour photographies, dont l'un garni de bronzes, style Empire.

128 — Glace, cadre et fronton dorés, à pans de glace.

129 — Glace d'entre deux, cadre blanc et or, surmontée d'un trumeau grisaille.

130 — Miroir biseauté, cadre sculpté et laqué, avec dorures.

APPAREILS D'ÉCLAIRAGE ÉLECTRIQUE

131 — Petit Plafonnier, de forme hexagonale, à dessous de plaque de cristal, monture bronze.

132 — Lustre de salon, de forme ronde, en bronze, avec pendeloques en verre et ornementations de fleurettes en porcelaine, à 18 lumières.

133 — Deux Appliques en bronze, style Louis XVI, à 3 lumières.

134 — Lustre de salle à manger, en bronze, style Louis XV, à 7 lumières.

135 — Deux Appliques bronze, à 2 lumières.

136 — Petit Lustre de chambre à coucher, bronze, forme panier fleuri, à décor de fleurs et verre, à 11 lumières.

137 — Deux Appliques bronze, à décors de fleurs, à deux branches.

138 — Petit Lustre bronze, à 2 lumières.

139 — Petit Lustre bronze, à 4 lumières.

140 — Deux Appliques bronze, à 2 lumières, avec médaillon Wedgwood.

141 — Lustre bronze avec verreries, à 3 lumières.

142 — Un Lustre pour billard, cuivre poli, de forme allongée.

143 — Deux Appliques à 2 lumières, cuivre poli.

144 — Quatre Appliques, bronze doré,

145 — Lampe, porcelaine de Chine, monture cuivre.

146 — Deux Flambeaux, Amour, socle orné de bronze.

147 — Lampe de plafond, à contrepoids.

Autres :

148 — Lampe de parquet, éclairage au pétrole, bronze doré à motif de Femmes ailées.

149 — Suspension de salle à manger, en bronze, avec lampe au pétrole et bougies.

150 — Une paire Candélabres en bronze, à 6 bougies.

OBJETS DIVERS

151 — Téléphone.

152 — Petite Niche à chien en osier, garnie de soie.

153 — Deux Fleurets à coquilles.

154 — Deux Sabres,

155 — Deux Jouets et un Tambour de basque pour panoplie.

DENTELLE ANCIENNE, LINGE

156 — Très joli Volant de **Dentelle blanche ancienne, point d'Argentan**. 2 mètres.

157 — Linge de ménage : Draps, Serviettes, Torchons, Dessus de Lit, Rideaux de vitrage.

RIDEAUX, TENTURES, COUSSINS, TAPIS

158 — Décoration de trois baies d'antichambre, comprenant deux tentures et trois lambrequins, plus trois stores en guipure.

159 — Deux Portières d'antichambre, de couleur jaune et verte.

160 — Quatre Rideaux de fenêtre en soie cerise, à bandes brodées avec dessus de cheminée semblable, et quatre Rideaux de fenêtre soie crême, à bandes de broderies ; le tout pour Salon.

161 — Deux Rideaux en soie maïs, à bande rose.

162 — Deux Rideaux soie bleu-pâle.

163 — Quatre Rideaux toile imprimée.

164 — Deux Rideaux soie crème, à bordure brodée.

165 — Un lot Tentures Murales pour Salon, en soie, de couleur cerise.

166 — Un lot Tentures Murales pour Chambre à coucher, en soie, de couleur crème, de style Louis XVI.

167 — Quinze Coussins de sièges et six Coussins de pieds, en soie et broderies.

168 — Deux Rideaux caoutchouc pour enveloppe de douche.

169 — Grand Tapis de couleur vert pâle, uni, ayant recouvert toutes les pièces d'un grand appartement.

170 — Tapis d'Orient.

171 — Autre Tapis.

172 — Autre Tapis.

173 — Autre Tapis.

Antichambre, Office et Cuisine :

174 — Porte-Manteau et Porte-Parapluies bois sculpté et laqué orné de bronzes et cuivre, avec cannage de forme dos d'âne.

175 — Service de Vaisselle en porcelaine blanche, à bords contournés, ornés d'un pourtour bleu avec dorures, 91 pièces.

176 — Service de Vaisselle en faïence couleur gris bleu, 120 pièces.

177 — Un Lot Cristal et Verrerie.

178 — Batterie de Cuisine.

179 — Coffre à bois garni.

180 — Buffet de Cuisine.

181 — Trois Tables de Cuisine.

182 — Mobilier de Chambre de domestique.

183 — Objets omis au présent Catalogue.

www.ingramcontent.com/pod-product-compliance
Ingram Content Group UK Ltd.
Pitfield, Milton Keynes, MK11 3LW, UK
UKHW022150260726
13993UKWH00005B/2271